中華民國八十八年正月十五日

雁行雙飛慶金婚

韓振方
家書文

中華民族兩岸炎黃首一代來臺東海山人於蓬萊仙島 撰

目錄

一、雁行雙飛慶金婚

韓振方
家書文

在這個地球上一個古今中外未曾有之人生動亂非常大時代——六百萬國軍將士中是名小卒——時當朝代更迭遞嬗國勢分崩，不平等約，港口開放，關稅非主，土任租佔，列強熊狼蠶食鯨呑，割地賠款，國恥民辱，寶被盜掠，婦遭奸殺，風雨飄搖，危疑震撼，歲月無光，稱帝為王，賣國求榮，山頭林立，軍閥雄據。倭寇鐵騎，蹂躪家國，民無尊嚴，內憂外患，河山破碎，民族存亡，險在旦夕。兩次大戰，抗日內鬥，國共爭權，兄弟鬩牆，縱躍疆場，鐵馬金戈，橫刀揮斬殺伐陣仗，由陸上猛虎轉作海中潛龍，腥風血雨浪濤不起兮！飛騰而榮耀悲壯之生命日程裡：

尋到了避風港

這條沒有名字但出自皖潁小鎮——潤河——之獨木舟——淮上健兒天涯飄泊浪蕩紅塵——二十五載（民13、11、4生）

何幸停泊在無風雨之港灣內
不怕觸礁擱淺撞擊沉沒滅頂
感謝蒼天眷顧慈憫──當然更感謝父母在七個（行四）子女中生出
幸運之我由戰亂的神州大陸──來到息戈不征的寶島台灣──東海蓬
萊仙鄉守護人民安居樂業。
五十年前──某一天督操歸來心情怡然晴空萬里之時曰
在那十二朝之都──（三國時之東吳──東晉──南北朝時──宋、齊、梁、陳五代十國
時之南唐以及朱元璋建立之明朝及福王南明與太平天國及中華民國──國父孫中山先生
在一九一二年建立──再加上汪偽政權──（抗戰時日人扶植）等不是朝代之朝代）──南
京──（曾遭日寇屠城五十萬八年慘殺八千萬文物資財掠奪難計大小戰役七千餘次）
──東南方紫金山麓中山陵前一處庭園內──因東北失守，華北和談
徐蚌敗兵江北烽火連天災民雲集九州哀號神州動蕩──（五次圍剿及追
殺戰死、整死、餓死──八千萬文化斷層）──生死纏搏：
我倆邂逅了──是在一個不期然之場合──親友庭園中：

羞澀含笑戰地春夢千古情
倆相默視無悔剎那烙痕心

緣結今生—正月十五—元宵燈節—長江兩岸戰雲佈，紅白江山尚未明。一個想忘但忘不了之日子，人生三樂中之一樂也，豈可忘乎？豈能忘乎？此時感懷：

其一：偕遊紫金中山陵，眺望江北紅旗飄；
東南半壁策分治，惜因奪權拱手讓。

其二：龍蟠虎踞石頭城，南朝自古稱雄豪；
巍巍河山非我有，東方海上圖復強。

蔣公隱退軍心動—同（38）年元月二十一日—三度下野。
萬里江山鴻溝劃—長江以南和平曇花現

緣滿江南正是春暖花開鶯飛草長時節—未幾—四月二十三日—強渡長江—攻佔南京：毛賦詩：（鍾山風雨起蒼黃，百萬雄師過大江，虎踞龍盤今勝昔，天翻地覆慨而慷；宜將剩勇追窮×，不可沽名學霸王，天若有情天亦老，人間正道是滄桑。）

首都棄守──忍看中原一片紅──江陰荻港，軍閥殘餘，投機政客，叛降靠攏：正是：

其一：將不戰而逃，兵敗如山倒；秋風掃落葉，哀哉貳臣悲。

其二：陣前倒戈戰，局部和平談；實力圖保存，山頭作本錢。

其三：毛把江山得，功狗階下囚；左右牆頭草，嗚呼臭老九。

其四：毛性反成癖，先反爭政權；後反整肅己，再反蘇美帝。

其五：一生反反反，反天反地人；人性忌多疑，狠鬥兩派人。

其六：中華神州地，文革火燒天；問毛何遺憾，惟恨國號改。

其七：得權術治國，超英趕美豪；諒非空言論，悲哉屁天驕？

保衛上海東南長江口吳淞港外水路咽喉橫沙七島之鴨窩沙臨夜巡哨常相伴隨──革命戰友鴛鴦結。

著上戎裝腰跨短刀──疆場伙伴查陣地。

手拿電筒像個勇敢游擊戰士──雙槍楊八妹──（抗日海上戰鬥勇士）

巾幗英雄。

激戰月餘—內叛情勢逆轉—民三十八年（一九四九）五月二十五
上海不守之三日
舟山防衛部石覺司令派來登陸艇—曲江輪—首先奉團長范仲命率
兵登護，以待大隊到來—馬匹多餘彈藥棄置於海上原船慘然哀鳴
放眼長江口外大小船隻載滿轉戰兵眾—海空奔向東南方島嶼
在舟山換乘執信輪—（載有官兵三四千人）—直趨台灣—蓬萊仙
島—追隨政府，義不帝秦，爭向外逃，岸邊人潮—呼天搶地—哀
哀難機船！望海興嘆！無語問蒼天！有能力者港澳海外陷落赤境
者，慘遭鬥死，三反五反，公社，文革，誣名—惡霸，資豪、走
狗、國特、黑五、反革、臭九。及匪諜、通匪、匪嫌—亙古未有
之劫矣！紅白江山恐怖在陸台，民族傷痕兩岸分！時代悲劇恥痛
演！人民災難向誰訴？！
海上航行途中—颱風起兮風狂雨驟人皆驚恐：
波濤洶湧—浪高逾丈

在一個烏雲四合之夜
不明怪物迎拒船頭──兩眼發光對船而來
偏航失向──因避其直撞
台灣三次派來飛機引導
船頭怪物，猶似蛟龍超邁船舷桅杆一柱擎天──身毛茸茸──烏雲蓋
天浪猛濤湧船傾
見之者尖叫聲哀全船驚懼震動末日臨頭
千鈞一髮之際適得空中響雷驚天轟裂奇鳴──「蛟龍怪物寂然垂
落」
隱沒海中
光明重現
歡聲撒遍於船上之每個角落
躲在舺板上小艇底下像個吃醉酒之一條──「土龍」見不得茫茫滄
海之水──暈船嘔吐幾頻於……。
北方旱鴨子怎經得起──立天駭浪

七天日夜——（船艙人擠疾暈餓死及波浪船傾落海者慘哀矣！）
覓食弄水拯命於危
船抵高雄港口身不能支
形象狼狽——戰力喪失幾盡矣！但首下船者手持中華民國國旗高唱中華民國頌，岸上民眾合聲齊唱鼓掌歡迎歸來。
船長謂其在海上行船三十餘載從未遇如此「驚怖險極」之航情
船能化危為安——定有福利蒼生之人上天眷顧——之感慰語。
大海航行風浪湧，遠離神州去蓬萊；孰謂塵世無漩渦，蒼天當佑中華興。

台東花蓮是台灣邊陲風光秀麗海岸綿長——原住民腰尚帶刀身穿丁字褲腳不鞋穿之俗——當時島民生活因剛光復不久無不疾苦。（小姐不要官願嫁伙伕有鍋耙食學童無書包便當少菜無蛋。）
戍守南迄鵝鑾鼻——北至大濁水溪之師防線。
轄區遼闊山色迷人——營部曾駐於台東卑南知本國校——池上關山鹿野等地——加強整訓——協修提防：

增援舟山換防馬祖調返本島—民四十年—由野戰縮編—改為師團管區定居東花辦公住家相距咫尺朝夕於早八晚五之動員役政工作。

數十寒暑形影難離共享甘苦甜淡融融之安靜生活—政府決策：

縮短戰線—撤外島兵包括舟山大陳緬泰越之富國島

退守台灣防血洗—臥薪嚐膽—克難報國。

光復大陸是使命—神州河山—拯救同胞。

一年準備二年反攻三年……

先總統蔣公帶憲法—（其領土除管轄臺澎金馬外尚含有全大陸及外蒙國府不承認其獨立。）—於中華民國三十九—（一九四九年十月一日毛建政於北平—改京—翌年六月二十五日韓戰爆發台海之危解除紅白兩岸因政治受難者造成冤魂彼岸尤勝於此岸而蓬萊於五十年後實行公僕選舉獲得平反補償彼岸乎？）—年三月一日—（因爭權代總統李潛逃去美後附共悲哉！）—應全民要求復職後之高瞻遠矚—以台北為陪都—一如當年抗戰之重慶—以台澎為海上長城，以金馬為前進跳板，以「毋忘在莒」勒石於太武山下以激勵人心

—但陪都作首都猶南宋之臨安為卞京—天運在台—保存固有中華傳統文化也—（民族資礦浮待掘—公僕普選—岸合強。）。越此一步則無生所固守建設，成為中國模範省，復興基地—台灣—蓬萊仙島。特昭告世界中華民國為自由中國—有別於大陸中共所建立之中華人民共和國—竹幕中國。

自由旗子插全臺，中華文化奠根基；軍民同德行克難—不怕苦—臥薪嚐膽在寶島：毛共忙批鬥，三反五反反，反反反內外，左右生死纏，操弄兩派搞，哀哀江屍流—（毛在土豪劣紳公審會上書聯看看昔情：您當年剝削工農，好就好，利中生利；我今日宰殺土劣，怕不怕，刀上加刀。）—人民呼蒼天，殺伐遍神州。

金馬台澎軍民響應先總統蔣公號召隨時準備回去—為想留點紀念痕跡兒女中除以「明」之輩外—實際上「國」始是譜派—來臺首代行系：（振明永盛榮，東海茂昌興；江山保久遠，仁懷道修成。）—韓裔傳承千秋。

△以「台」為名之長女實含有陽剛無陰柔之氣在臺灣出生故以「台」賦予之，以女性而言何用「台」此太沒學涵—無思恨憾—囿於留名千秋悔不當年—難逾海峽惟望和平統一：（政府播遷臺兩岸血脈聯天運公僕選天下合太平也。）

△以「岡」為名之長男是因家在七虎球場花蓮市之「花崗山」—看山是山—看山非山，看山又是山原本無山似「岡」有種空幻虛實剛強恆毅之性三、四歲時攜遊公園內之荷花池旁玩耍，剎那覓蹤，水深沒頂，溺底自出，險極，命強哉！冬天去市內大眾池塘洗澡見眾裸旋遁去返家。

△以「璇」為名之次女因當時「周璇」之歌風靡寶島而取「璇」音深沉。

△以「茜」為名之三女因購得爛收音機在聽中廣「白茜如」之廣播劇之播音取望如其人。

△以「阜」為名之次男因新建眷村遷至「米崙山」下之丘陵地形如「阜」意似其哥哥為人之剛毅性格步武後塵。

△以「喬」為名之么女取自三國大喬小「喬」之美嬌實不稱願醜且怪耳—各具時代人地背景也。但願吃同一母乳成長之兄妹姊弟手足情深互動力協，否則難謂人也。

凡是小生命臨到人間為—二男四女—取名時都先徵得您之同意點頭始定其在世之傳統名號—以台、岡、璇、茜、阜、喬—成於人立於世，其在爹娘「因緣炁合陰陽猶天地孕育萬物也」：有無一念間「十月胎生」—非兒女能選（人工試管難脫母孕）天不生人莫忘「母難曰」呀！難不恩報於育養父母世上為人兒女者切記，天下無不是的父母但父母無不望兒女勤力學，有理想，懷志氣，獨立自強，為善去惡，守正無邪，服務利益人群也。正是：雙親活菩薩，父母在高堂；在生奉一豆，遠勝歿祭豐；忘恩非兒女，兒女知孝養—善哉！皆無負也—負者忘恩類禽獸。

因雷震當年發表「反攻無望論」只有「增產」報國—難不盡職歟乎？

你經常掛在嘴邊女人懷胎期中縱有感冒傷風應嚴禁守住莫亂服用「藥」物—打針。故無什麼蒙古症—畸形兒—自閉症。否則就是先天帶來「因果病」—多做善事行功了愿可消孽障病—莫忘：胎教先天—靈性活潑；生教後天—樂觀進取。這是告訴人應當注意之口頭禪—世事風霜物變無常：

由神州—蓬萊

由大陸—台灣（甲午戰敗割日八年戰勝光復—俄竊土六〇〇萬平方公里待收回？）

由台東—花蓮

由無變有—由有變無

由少轉多—由多轉少

由零—一—二—三……八人—七……三—二—一—零

由生到死—死轉生—生死輪迴—但願不忘尊重生命，發揮創造力，福益人群。

此由對人生之體悟因而每晚於臨睡前沐浴畢先拜列祖列宗後默唸「金剛經或心經」始去就寢。

生兒養女
育之教之愛之撫之——做個對國家社會期以有用之人
克勤克儉勞苦功高
兒女們個個力爭上游孝養能幹之老媽鄙於無用之老爹。
兩子皆入黃埔承繼衣缽青出於藍渠將勝於藍以調侃之。
船在塵海航行中何處無：
暗礁隱阻——「以誠愛排除」——不可捐仁損德。
風浪襲擊——「以勇敢面對」——不可灰心退縮。
漩渦陷阱——「以時時提警」——不可大意入網。
危境瀕臨——「以挫而不餒」——不可反仇報怨。
縱有操航能力難免不遭創傷傾斜，甚至滅頂之災以忠告提醒心戒
之——同時關懷叮嚀獨個生活非比在家之安適好好照顧身體不受風
寒——路草野花——要防有刺惕遠離呀！好個賢內助但願世上愛人、
老婆、內子、太太、夫人對丈夫、老公、外子、老爺、先生諒情
體念皆如此乎？善哉！美哉！謝謝您！

大丈夫處世當本有志氣始能爭氣——自立而後絕可自強，守以「忍恕」以應人事此非平凡人道出不平凡之警語平時寡言沉默只知操持家務管教關愛不溺兒女習勞自強無怨無悔個性倔硬內向拙於言表正直做人之您實在看不出有如此之智慧。

勇氣之泉源常得自無形之啟發佐助。

成功之背後必然有支柱「惜」竟是個扶不起之「阿斗」以調侃之。

解甲之前

赫赫勳業

閃閃獎牌

當屬於才幹超群——眾生中之龍象人中之北斗——工作能力強統御卓越之人

祖上有德無顯平淡——（兩岸寒霜風雨急，西望神州嘆不同）——卸卻征衣——

天賦愚拙，孰逾現實，認命而安，無何憾也。

三十功名塵與土——（國難報國未成仁何言功名鄙笑。）

籍落台灣作故鄉——（江山故土蒙塵戰勝收回難謂他鄉。）

兩岸分合決天運——（公僕選舉自由民主開花於中華大地之上。）
無情時光嘆人老——（生死循環乃自然之物象何嘆之有？）
天命之年豈可謂老「退役」就是奮鬥之開始以激勵自勉之為想豐美這個巢窩，夫復何言過河卒子只有拼命向前。
萬丈紅塵人海茫茫，
懷著夢想午夜——靜思——突破勸阻暫捨溫暖踏上征途——本著：
爭名於朝——（知廉恥——官箴——便民——積德。）
攘利於市——（守禮義——明法——情理——天良。）
匆匆歲月又是幾度，秋冬春夏，年復年日復日之時光
多少軍公教退休後身為榮民——（金門古寧頭，大捷勝台安，砲戰八二三，本籍義務兵，韓戰歸來卒，反共義士雄。）
不甘服輸——開拓另一片天空
投入塵寰——一張白紙
貪嗔痴疑
充滿人心——爾虞我詐

頭破血流
望著天花板總不是辦法
人是非靜之物，活動活動應是對身體有益故懷著：
健康就是幸福——（未失健康時注意運動戒煙酒節慾。）
閒散並非快樂——（不可懶墮成性好逸惡勞踏入邪途。）
日日自強不息——（自幼學習專技但不應靠天吃飯。）
命運掌握在己——（拼力向前智勞創業心好改變前程。）
做個堂堂正人——（鄙棄惡念本乎天理良心做人處世。）
得失成敗看淡——（只問耕耘最後放下萬緣名利皆空幻。）
由於你之能幹——激勵策勉無怨——尤顯「阿斗」我之無能。
總想有點作為談何容易——天下沒有無價白吃午餐——不勞而獲之事。
聚少離多是在脫去「二尺半」後之歲月裡。
國內國外台北——花蓮
蘇花道上
鐵路公路飛機就是不坐海船因為——望船心畏。

△逢年過節，△叩拜祖宗，△爸媽興慰，△家為國本，
閤家團聚；祈保平安；紅包爭要；本立道生；
歡樂融融，舉杯敬酒，不忘誨勉，生是韓裔，
笑語盈庭。兒女祝福。幼勤耕讀。裔懷家風。

歲月無情人世無常小鳥們翅膀茁壯個個展翼各自營造自己天空築巢而去得有長女職教於「師附」長相陪伴照扶幸無後顧之念故徜徉於—塵海—任憑海浪激盪舵槳握在您之手中不會失航傾覆。六個兒女中皆明做人本分，孝養之道「反哺恩情」難得使您生氣若是我未返家必然會促問—老爸撥通電話沒有？罔兒責之最勤天賦孝心復何言哉！

民六十四年四月五曰—（民族掃墓節）復志未酬之先總統蔣公殯天曰晨夕晴朗天呈異象午夜閃電雷雨驚怖晨起民聞自動歇業街路案祭繞館—國父紀念館—三匝，悲喪泣號！猶失考妣！（靈櫬暫厝慈湖待彼岸公僕選舉曰奉安神州紫金山伴國父之靈天運也—得您電告自即曰起決心齋戒三天以表悼哀！真誠可感。）—其長子經國時任行政院長墨經從公經貿起

飛，世人驚奇，旋為總統力建台灣解嚴黨禁兩岸開放走向民主自由，逝任內——（翌年：毛見馬克思，未月血腥傳。人問何遺憾，惟恨國號改。唐山大地震，傷亡七十萬。）

時光荏苒四十載，大陸台灣敵友變，兩岸開放探親往，遊子歸來墳祭哭。鬥爭清算歲連連，人性扭曲上街喊，功狗烹九階下囚，十年浩劫哀文革。鄧江政策普開放，大陸人民喊青天，中華民族苦難過，岸合一統促大同——（迎頭趕上超邁前，中外人才廣徵用，城鄉去界皆繁榮，普及教育無愚民。中華民族兩岸分，天命運化岸合強，資礦待掘蓄藏豐，濟扶列邦朝天朝。）

兩岸解凍政府開放探親第二年我倆夢想成真——感謝兒女慨然助行：

皖北——鄭州

鄭州——皖北

難作定論於一時還是我說你家有機場：

由鄭州——皖北——潁上

當年彼岸學潮——（轟動中外超邁五四之運動——是愛國乎暴亂乎史有定評。請看台北之新公園改為和平此天運待公僕選舉蔣公奉南京也。）為爭「民主自由」遍地蜂湧「天安門」廣場——改革開放聲浪鼎沸無奈難途；

中外震駭「六四」——（天運乎台澎二二八因公僕選舉平反）——之後月餘偕同桂馨大姐——首飛香港

登上「太平山」鳥瞰夜景萬家燈火海天茫茫心境迷惘攝影留念，

腰包幾乎忘取——幸得提醒。偶感：

香港澳門國恥地，地因國弱外人佔；

佔時四百年不等，

等待九七九九回——（失地盡收唯東海琉球及黑龍江以北之土有待國人爭氣矣！）

回歸兩岸大一統，統合江山中華強；

強用王道儒風舉，舉旗歡慶世和平。

轉機鄭州途中——曾憶昔——「黃河鐵橋」——花園口——廣武氾水——虎

牢關；
大地藍天宇宙闊，仰望日星合太虛；
萬峰腳下我為雄，神情怡然心陶陶。
飛機凌空地球上——（地球懸於內太空依軌道旋轉猶人類守倫序也。）
穿梭星海太空中——（外太空之太空人類地球將與內太空之地球人類往返互訪也。）
時距縮短科技雄（由臺灣飛冰島—阿拉斯加—不到一日也）
孰謂人類不大同——（該息戈守王道也。）
中華文化化人類——（歌舞昇平孔孟之道與世無爭也。）
世界猶如戰國情——（黃帝立國傳至東周末紛衰有兩百餘國兼併雄霸先春秋而戰國後歸秦統也。）
秦皇一統定寰宇——（漢承秦而武帝罷百家獨崇儒由中華一統也。）
仁道孕育朝天朝。
中華民族崇中山——（南京紫金山前人潮湧列邦來朝拜共慶大同也。）
博愛人類懷心中；
承肩傳統王道旗，

共乘中華禮義船；
人類大同歌和平，
地球國父孰與爭——（孫中山先生將是未來地球人類國父此天命運化也。）
數十餘年來兩岸無情阻隔近鄉不免情怯
午夜抵達機場東方不遠之崔莊堂弟——長忠府上——乳名「柳營」。
桂馨大姐逕自返鄉；
家人燃燭驅蚊讓鋪，
促膝長談東方發白；
分離苦情焉能述完，
疲勞睏頓各自離去。
長忠育有四子二女個個憨厚老實俊秀挺拔惜多未課讀唯長女——蘭
香——最聰慧榮任農村中學老師月薪難與城區比擬故想調往服務故
以「台眷家屬」名義偕妹夫元凱前往統戰部對台辦為其力爭侃侃
大談雖無政策指示但請考慮以「台屬關係」望其勉力玉成之部長
主任無不頷首稱是。

有孫女名「金壘」是因政策超生以罰金拆屋換得之——故名。唯一妹妹「桂榮」遠嫁於市城之南龍砦區是該「砦中」校長姓郭名元凱妹夫精明能幹學德望重一方。元凱有子二女一皆受良好教育工作環境滿意稱心今幸與之結為連襟深感榮幸未能趨府誠屬憾事也！在崔莊盤旋幾日祭掃雙親及祖先墳墓——（沒在水稻田中）——由發旺隨姑媽往皖北——越界超縣以汽車當天到達——阜陽市立去潁上侄兒「家祥宅」餐後國義侄來迎夜轉——潤河——闔家震動屋瓦落，悲喜交歡談不完。正是：

少小離家老大回——（十七離鄉——六六返。）

鄉音未改齒髮落——（牙齒掉了五顆，髮白蒼蒼矣！）

五十年後山河變——（紅白江山兩岸分鬥爭清算人民哀。）

天翻地覆劫歸來——（中華民族亙古未有之浩劫苦難矣！）

告訴兄弟之侄兒們國義等通知遠鄉之親人——遠嫁合肥么妹振英——來潤河——

祭拜雙親：

墳前慟嚎跪難起──五十年來從不淚，痛哭懺悔未孝親。
兒違奉養罪孽深──兄弟六人只兒讀，成長遠離難返鄉。
抗日內戰豈自主──效命報國為民族，轉戰疆場遵令行。
幸得歸來獻完身──幾經艱險保性命，陰庇德佑無殘缺。
東去蓬萊四十載──光陰匆匆日月轉，歲月無情兒將老。
生兒育女有六人──生之容易養之難，只一得薪八人食。
悉皆勤奮競圖強──子皆黃埔入軍校，一女職教餘高畢。
他日統一拜爺奶──將來兩岸分久合，兒率兒孫跪請安。
軍民來台三百萬──追隨政府稱義民，空中海上蓋地來。
洗心革面從頭幹──蔣公復職軍民歡，自由旗插島上飄。
臥薪嚐膽學勾踐──克難生產共承肩，上下團結齊協力。
毋忘在莒一條心──五年計劃復五年，十大建設出頭天。
經濟起飛稱奇蹟──島內軍民皆用命，一心搞好經貿情。
有謂東亞四小龍──貪污腐化絕剷清，誰敢枉法定嚴懲。

世界各國齊側目—開放觀光外賓來，皆講建設頂呱呱。
金馬台澎島民福—鄉村城市難分辨，公路捷運環島鐵。
五教林立天道興—蓬萊仙島不虛傳，諸天神祇護蒼生。

身體髮膚受之父母不敢毀傷；牙齒掉落五顆保存攜來埋在父母墳上土內長相陪伴爹娘—（祝爸媽含笑於九泉兒會作功德迴向給您）—以了兒之心願—在呼喊一聲爸、媽不孝兒回來了！兒回來給您看呀！媽！我肚子好餓呀！就泣不成聲仆地不起哭訴別情苦情國情難情呀！痛哀逾恆天地混暗日月無光身忘何處幾不能立……始由你及國義家祥侄攙我起來的呀！五十年來從不淚，父母埋前哭難起。

親愛的媽媽及大哥、二哥聞亡於三年「人為災變」之潤河與南鄉且骨埋於院內及牆後祭拜心禱早日往生五弟在自願兵參戰時捐軀於韓國疆場—抗美援朝算是英雄—時代傷痛，夫復何言哉！往史悲情永不復演？（祭父母文如目錄三）—文在後。

縣城祖墳—合族近百祭掃。

登臺訓勉—忠孝團結耕讀創業爭氣睦鄰仁恕勤儉家風。
轟動鄉里—惜非原村。
侄兒陪你先返河南。
六弟悄悄告訴我：父母墳前正午日，龍虎相搏鬥不休，無一敗逃
戰時許—蜈蚣螳螂打架—何奇何怪也。
南鄉「二哥」遠在鄰縣—霍邱山區名長集—未去不能算是探親：
國義侄深體四叔心情—其只留二嫂及侄兒國斌及侄孫們：當天來
回一日夜，二哥墳在土堤腰；滿車風塵無怨人，虔誠叩頭了心願
—立向二嫂揖拜辭去請管教侄孫立志有理想：
車渡淮河岸，
惜無橋通行—（將建觀淮樓於橋邊之旁也）
他日若建成，
觀光人潮湧。
和平無戰爭，

潤河成重鎮；
八方通商口，
樓名傳千秋。

幼時原住集東六里莊頭佃耕於林姓地主—收回後改農經商移來潤河，偕振華六弟騎單車前往憶舊：

六里莊前曾徘徊—原住茅屋今蕩平—池塘縮小水淺明。
探訪玩伴魏家富—豬舍建在余址前—持鋤佝僂摟笑談。
古井水涼潤我心—以杓汲飲裝袋滿—五十年後味感深。
村童笑謂外星人—轟動鄉里詢何來—驚慕東海蓬萊客。

復踏單車同去三哥振友處之曹庄昔日旱地今改水田溝渠縱橫稻浪起伏遠眺原野綠滿大地三嫂見四弟驚喜異狀托一條木凳置於屋簷邊茅屋將傾床上雜物塵垢身難容棲之侄兒國民鋪在灶前僅只土堆長不及身睹之鼻酸整個農村概言：窮—白—括矣！非開放改革無以挽救也，政策堅持，繼任者當力行之，迎頭趕上超強，人類大同。正是：

其一：溝邊茅蓬將傾塌，滿屋黃土四壁空；

侄兒坑上無一物，床不及長何容身。

其二：宅基尋覓另改建，力量集中謀功成；

縱然人心起波浪，為報三哥劫後情。

雙親見背兄弟應該和睦相處竟然為了「宅基」問題水火相煎

真正：一窮二白非韓姓；家家有本難念經；

一、家務紛爭先解開，親情有難親撫協；不知酬恩是禽獸，禽獸尚知報恩情；情關人道奉孝養，養老美德只中華。

二、唯有合作始生存，水火相煎豈謂親；共同創業當團結，世上手足血脈連；奉獻力量無彼此，為人兒女反報恩。

在潤河一群志同道合之昔日青澀少年終日以讀書研究學問砥勵課業之氣味相投而結拜金蘭之盟—感懷吟：

其一、五十年前刎頸交，桃園義結東嶽廟；

人事滄桑塵世變，劫餘省三在潤河。

其二、日月在天旦夕轉，江山無語心有哀；

人生幾何曾結緣，難不珍惜今世情。

其三、時代悲歌恥內鬥，當年同窗多凋零；
歲月匆匆嘆苦短，枉顧民命啥天驕。

其四、紅白江山兩岸分，分合原本天命定；
定選公僕岸合強，強我鄉邦子弟榮。

其五、八方雲氣聚潤河，淮水日夜奔東海；
天地有德育人類，世無情愛怎溫暖。

其六、行南函告去黃埔，恩師情重銘在心；
馳騁疆場幸尚在，臺灣島上一山人。

其七、夢裡不知身是客，樂把他鄉當故鄉；
蓬萊山水固壯美，探親歸來憶童景。

穎上（五霸春秋時強調提倡四維維護中華文化之根而相桓公之管仲字夷吾故邑）韓姓來自明初山西大槐樹之南陽堂號──（曾祖鼎山公祖爺勳德公家父文彩公母李太夫人──旺族德門之女──生子六女一（余排行四））──向以農商營生忠孝傳承清寒儉樸之家風今侄兒國義力爭上游服務地方當本無私之情懷為

鄉梓謀福祉您四叔四嬸返鄉回來實在不易在台灣有子女六人雖說「經濟奇跡」可是台灣是一個自由社會富者固富窮者亦多四叔一生為國奉獻之戎馬生涯那能比得商人幸好兒女們各自爭氣勿須操心希望您們各自努力創造前程為韓門爭榮光此是你離別潤河前之勉勵語聆者無不感動—且以嚴肅心情諄諄告誡諸侄子們特要持守認知力行姑謂—（目錄—兩岸炎黃血脈聯、家庭和樂業興發、識人情緣難捨心、雄哉淮河觀淮樓、之四五六七等項文在後。）—二、韓子家言：

1、韓氏子孫不可無志立世—不可沒有理想。
2、國法家規不可玩忽不遵—不可不明情理。
3、窮無宿糧不可不讀詩書—不可不明做人。
4、頑石原璞不可閑置不琢—不可任性自雄。
5、無才無業不可無技在身—不可懷武逞強。
6、人有損我不可不以德恕—不可忘善悖道。
7、勤儉持家不可薄親刻鄰—不可菸酒殘身。

8、腳跟站穩不可巧取詐得——不可昧心暗竊。
9、事業共創不可為私損公——不可無業成家。
10、為民公僕不可專權瀆職——不可徇親名佔。
11、想到自利不可害友危群——不可監守自盜。
12、醫教法工不可無人投入——不可習不專精。
13、在鄉為客不可為非作歹——不可錯不知悔。
14、勤以補拙不可自認聰明——不可偽作謙恭。
15、友鄰變故不可置身事外——不可旁觀竊笑。
16、家榮族旺不可忘昔艱辛——不可驕妄乖舛。
17、立身行世不可手心向上——不可求人憐情。
18、有惠於人不可繫念望報——不可有恩在心。
19、慧眼明心不可昧察事人——不可忌長鄙短。
20、待人接物不可不守信約——不可祈恤諒解。
21、固知虛偽不可當眾點破——不可昧顧情顏。
22、論友擇交不可不誠無實——不可寡義殘仁。

23、孝親順長不可不為表率——不可逆情悖尊。
24、追求智慧不可自閉心窗——不可中外不明。
25、與人相處不可無求益心——不可學飽識滿。
26、科技新知不可鄙習國學——不可沒有創意。
27、進德勵品不可爭強鬥勝——不可以力制弱。
28、尊師念舊不可慢禮傲疏——不可無敬遠避。
29、貿易經商不可童叟有欺——不可玩弄詐騙。
30、鄉賢故識不可悖情違禮——不可忘訪請益。
31、遠近環境不可失策因應——不可昧察情勢。
32、人縱負我不可負人負心——不可相報結怨。
33、祭祀祖先不可以牲代供——不可裔孫不奠。
34、人有恩我不可隱德不報——不可忘情反仇。
雖惜因抗曰內戰固出名門未曾多識詩書念年來歸然對做人處世大道理頗能體味——從不張家長李家短撥弄旋風——協夫睦鄰安守主婦本分潛移默化教誨兒女力爭上游自強不息空暇自娛哼些豫劇鍘美

窯及雀戰等不言是非—此為阿斗者—難不心存感情其勞苦功高也。—聽她囉嗦半天不可這不可那心有不耐但身為一半之他焉可不負文飾之責—潤河國義侄曾問四嬸何校水平答以—家而敦大學—義不容辭以不失本意為原則計得正反三十四條概可永為「韓子家言」子孫恪守箴規遵之行之激之勵之其能有差乎？簡謂「韓三四」—音諧明暗雙語之「寒山寺」—靡不有趣。以韓門之「寒」—意含警惕作用耳！隱唐人張繼楓橋夜泊句有「姑蘇城外「寒山寺」之「三四」也。」留給兩岸韓氏裔孫知之明之戒之守之！但不可忘之！且要行之也。

潤河離別時穎上堂兄合肥胞妹南鄉二哥之侄兒以及胞弟振華與諸侄輩們同車齊送護至阜陽車站尤以家祥最為熱誠特感受窩心親情。

在鄭州偕同其堂弟媳與侄兒發旺姪女蘭香特別乘車往新建之黃河大橋參觀對岸長垣縣昔從濮陽內鬥轉戰歸來曾進駐斯城心情為之一爽惜乎可望而不可即佇立於大橋之上西望雲天晚霞夕照滔滔黃

河滾滾東流心感偶得：

其一：黃河千載水悠悠，中原自古爭難休；
　江山萬里今猶在，不見當年逐鹿手。

其二：黃河水美甜又香，堤防兩岸土沃廣；
　中華民族發祥地，永遠不做牧馬場。

其三：黃河嫵媚多嬌嬈，民主賢君懷擁抱；
　自由花開鴿飛來，理想大同豈夢遙。

其四：黃河東流歸大海，海上蓬萊藏仙山；
　山中佛聖護島人，人民有福中華雄。

其五：蓬萊仙島是台灣，諸天仙佛借竅顯；
　五教聖真臨壇訓，天降聖道國運轉。

其六：世有儒道釋耶回，研經參禪心慾亡；
　虔叩列祖「德」守行，人「道」做好返天庭。

其七：世無干戈萬民福，愛護地球人人責；

種族不分皆兄弟，五教合校化紛爭。

其八：世上人類本平等，國無爭戰王道興；
富以濟窮強護弱，天下太平民歡樂。

其九：海底隧道通萬國，空中霸王海上輪；
文字統一語言明，人民往來免簽證。

其十：老得終養民何憂，社會福利各國籌；
百齡壽翁不分界，旅遊寰球食宿贈。

翌日偕遊市內動物園以及人民公園坐在碰碰車上空中飛車內無不驚心動魄尖聲怪叫音傳園外忘掉身在何處塵念頓消震得蘭香魂飛魄散永軍兩兄弟抱在一起玩得最悠閑，莫過於園裏湖池中之遊艇盪漾湖心徐徐微風煦煦陽光仰望藍天白雲俯看池內游魚，其忘我情懷正是：

其一：逐鹿中原草莽徒，塵煙消去影無蹤；
兩岸開放來探親，看我神仙悠遊情。

其二：白雲在天間飄盪，雌雄搶權起霸爭；

生靈塗炭難無憫？心懷慈悲世太平。

其三：人工湖山澗水藍，遊園眾生心竊歡；
蒼天佑我伴侄孫，六六春秋似頑童。

惜乎在園內所攝之影像因底片被售貨小姐裝錯全部泡湯心惱難言。

嵩山少林寺去遊之車票前一天已買到，惜因天雨阻行只好作罷取消，真是遺憾，未悉何日往遊矣！憶該寺於民國三十年初考取黃埔軍校，抗日戰爭時之第七分校——（全國有十個皆是校長蔣中正——畢業生賜佩劍——該分校主任胡宗南一級上將忠勇善戰來台任大陳澎防司令官。）——設在西安——昔之鎬京古都又名長安——（城做以北極星為中心而建構的謂——宇宙——之都，將承天運，成為地球人類之都。）王曲（先到鳳翔人伍——北宋大詩人蘇東坡為判官時所建之東湖風光明媚景色幽美休閒好去處也——陳村名麵尤為出名）——由皖北阜陽徒步路經其寺——登封管轄——曾入寺參觀，時隔五十年之滄桑，不明今之面目如何？悵惘在心。正是：

其一：少林武功蓋天下，和尚個個非等閒；
　　山寺自來出名僧，達摩面壁禪道傳。
其二：中華文化謂瑰寶，四鄰崇慕儒釋道，
　　地球列邦猶戰國，六合一統世大同。

行將臨別鄭州前夕——（又對國義及發旺諸侄輩們另外又說了一大堆——在e時代——不是廢話的廢話，但經整理文潤後來看亦頗有點意思，姑且把它名之為「韓氏庭訓——勗勉——做人處世要合乎中庸之道及——維護健康壽永年——提醒莫把老人嫌等，如目錄第八第九第十所列也」——文在其後。）——特忠告人生在世，生老病亡成住壞空，縱百歲春秋何技謀生不外做人做事治業修身，如何品質完美各自惕警創造，本乎自強曰新以積善增壽得福去惡成聖做佛而達彼岸也。翌曰與長忠偕同其女兒蘭香，我們一起跨上單車直奔城區惟一最好之百貨公司（傳係被整慘死在開封一處地下室餓瘋任內之國家主席）劉少奇之長子劉源所建，購買紀念品一路上稻浪滾滾綠意盎然田埂小溪邊蛙叫蟬鳴，哼著不懂之小調加足馬力臭汗滿身，直到月影西斜家人遠來迎接感慰在心，其贈給我之珍品值雖不高卻令人鍾愛異常厥為小巧玲瓏之「筆筒」置在棹前美觀實用睹物思親令人難忘特以「遮鵲天」誌述「探親」「憶往」「紀遊」「看花」「感懷」之心情：

其一：前曾探親到尊府，話別敘舊傾念情，
悲喜交歡雙垂淚，孰謂兩岸不血濃；
炎熱天，午夜去，難忍相離挑燈談，
晨雞報曉東方白，尚有心語未訴完。

其二：雙腳不停踏兩輪，相偕騎車赴名城，
沿途溝邊稻花香，市內公園一日遊；
飛船上，碰車中，笑語盈庭驚叫聲，
留個影兒好紀念，惜乎底片皆泡湯。

其三：四十年前花園口，曾在那裡戍戎守，
藉著開放機緣有，租車相偕看黃河；

大橋上，霞滿天，仰望白雲間飄盪，
驀然心潮風波起，浪淘英雄付東流。

其四：崔府宅內百花香，爭奇鬥艷競芬芳，
韓園植梅霜降來，含苞迎春待人憐；
蘭淡雅，松耐冷，竹振八方謂豪傑，
世間芬芳供心賞，天下無雙傲群雄。

其五：臨別親友宴歡送，氣氛沉悶心難言，
六四霾影面相覷，各人容顏表不同；
改革放，繼續行，中華民族慘劫過，
他日兩岸公僕選，痕抹一統世列強。

親情難捨亦得捨淚珠不彈亦自彈光陰匆匆一月將屆——親情送別者

人滿車中：

機場之上
親族雲集
表情木訥

雙目紅潤
千言萬語不知從何說起
還是妹夫元凱說了話：
你們要回來喲？
去台灣不易呀！

你默然良久半天「迸」出一個字──「會」──並說出令人難忘告誡的話：在離別挫喪時不要顯出「苦瓜臉」要看到您們堅強的「樂笑容」啊！手帕早已搗上眼睛嘴吧了！侄兒國義帶著兩個侄孫遠從潤河隨來維護他之四叔四爺，此番一別不知何日再相會矣！每位送行者眼眶裏塞滿了淚滴子手帕不停在空中飛舞搖晃著；

飛機影兒消失遠方雲霄，還在翹首瞭望不忍離去！

歲月匆匆，春暖冬冷、世變浩劫餘生無情掠過，叩感列祖：雁行慶未折翼，祝願雙飛翱翔；共度安榮歲月，同賞人間美景。兒女守分力業，空間膝前搏歡；政府三節慰金，心無塵埃佛仙。在五十周年金婚之前夕，特撰此文，留與後代之兩岸韓氏裔孫，作為立身行世做人之警勉并記下此一時代歷史哀痛之見證也。最後——阿斗——有話正言非詩曰：

其一：風霜劫難言，既傲且傷情；
古今未曾遇，莫令史跡滅。

其二：時代浪花濺滿身，潮汐起落難留痕；
人生當世悲劇演，哀我炎黃該夢醒。

其三：中華民族亙古劫，批鬥三代左右非；
人性扭曲哀臭九，鄧恥邪政改革放。

其四：東方龍躍騰雲起，孰謂炎黃志不展；（僑外人才歸效力）
地球邦國猶春秋，王道高舉非霸統。（超邁列邦科研雄）

其五：科技網路資訊靈，地球村情即刻聞；（引進外資科技用）
人類進化時空小，寰宇大同國父心。（發展工商農業興）

其六：巍巍中華德文化，宣揚仁道化人類；（城鄉交通齊建設）
兩岸一統禮義興，濟弱扶傾萬邦朝。（中西體合看炎黃）

其七：天運中華冥操化，道統傳承千秋揚；
民族資礦藏豐蘊，公僕普選岸合強。
其八：地球最後一根釘，釘將釘在南京城；
城南中山陵前望，望那人類進大同。
其九：金錢猶糞土——沒有難行。仁義值千金——惻情捨身。
道德做人本——莫悖天良。忠孝是人守——修身齊家。
其十：阿斗住世剛直廉正沒資財，留些一點不算著作在人間；
中華民國在兩岸三字經。人生修身醒世寶典。
長壽之道（前川黔主席楊森將軍題書面。）又名養生秘訣——黃帝素書。
科幻時代人生必讀新三字經——計兩萬五千餘句。
塵海微語第一、二、三、四、五——十五：約二十冊。
堪謂：智慧寶庫——人生休止符未劃前完成或超逾也。
幸福快樂高興吟，朗笑惜緣向道吟；
吟詠話語慰人心，心通天地有情外；

外塵不入禪房淨，淨寂忘心天人合。

其十一：家事國事利人事，事本天良是炎黃；

黃帝開國道統傳，傳我兩岸韓裔知？

其十二：知道做人守人道？道不悖離天何懲？

懲沒耕讀究科技？技藝福人享太平？

三、祭父母文

嗚呼蒼天！哀我父母！
相依相扶，勞苦一生。
撫養兒女，無怨無悔；
子六女一，育皆成人。
排行居四，獨供兒學；
七齡入塾，自小而高。

暑寒假期，牧牛曠郊；
追兔於野，捉鳥捕蟀。
時協父兄，幫助耕種；
幼習苦工，大益人生。
爸媽慈愛，素懷悲憫；
協鄰扶弱，四方稱德。
誨教兒女，敬師尊長；
勤儉樸實，去惡從善。

韓氏遠祖，來自晉省；
元末明初，徙填中原。
落籍皖穎，分支潤河；
淮北平坦，惜乏山林。
昔我韓門，族難仕出；
歷守農商，安分做民。
潤河集東，六里莊前；
佃林農地，耕難溫飽。
年不夠租，荒歲欠收；
庫無餘糧，家人受餓。
父帶兄長，糶米他鄉；
賺取微利，藉補不足。
九口之家，十畝旱地；
食不足腹，衣難暖體。
偉哉父母，自忍凍饑；

勿使兒女，受點風寒。
地主不佃，收轉人種；
移住鎮首，經營雜貨。
東嶽廟內，締結蘭友；
志同道合，砥勵品學。
街市之人，較農計較；
眼多勢利，側目而視。
父因勞疾，先母回天；
棺槨不土，暫厝地表。
七七軍興，行南師告；
考取黃埔，悲痛難忘。
列強覬伺，土任人踐；
港由外開，竊寶民辱。
革命洗禮，三載授劍；
抱定成仁，參加聖戰。

游擊奇襲，避實擊虛；
圍點打跑，晝夜驚擾。
日寇血腥，屠滛掠物；
河山殘破，悲哉炎黃。
抗敵八年，我勝曰降；
籌海騰歡，旋投內爭。
陣仗撕殺，機船頻危；
行車遇險，感恩靈佑。
黃河南北，長江東西；
縱橫沙場，為國除暴。
兄弟鬩牆，國共奪權；
四載拼鬥，府遷臺北。
北京建政，而岸分治；
天命運化，公僕選合。
三八四九，紅白江山；

國號旗異，皆謂一中。
文革公社，大灶食堂；
民無私物，一窮二白。
母及兩哥，人為災殃；
難飽饑腸，聞痛心傷。
兒隨國軍，偕眷蓬萊；
子女婚嫁，皆有兒女。
初渡台灣，軍民缺食；
克難經建，世謂奇蹟。
蓬萊仙島，位處東海；
伏望爸媽，靈駕觀光。
物換星移，世事無常；
祈我中華，永非戰場。
鄙為專政，恥做軍閥；
民是頭家，德賽稱雄。

巍巍炎黃，睡獅警醒；
王道持守，促進大同。
人類和平，去來無疆；
太空地球，任遊互訪。
中華文史，悠久精宏；
族礦蘊藏，掘用無窮。
中華山水，桃源仙境；
大地美景，旅遊天堂。
中華民族，冥契天心；
導運世人，共仰神州。
中華道統，千秋綿延；
五教涵容，族群通婚。
中華人心，忠孝仁德；
道義相扶，族榮家耀。
兒遊客鄉，自勵力前；

耕不廢讀，懇勿掛腸。
身處時代，外患內訌；
空前局變，風雨無歇。
蔣公蒞臺，臥薪嚐膽；
管教養衛，齊頭併舉。
經建寶島，典範中國；
科技趕前，院校逾百。
華人慧智，資質聰明；
做人中道，不悖天良。
華人沒有，種族膚色；
地域國界，觀念之心。
國父中山，無私為公；
權用利民，吏皆廉正。
觀淮樓上，中外賢集；
歌舞酬賓，天下太平。

勉我韓裔，專業自強；
祝慰爹娘，安享瑤庭。
他日岸統，兒攜兒孫；
叩祭靈前，含笑九泉。
養育深恩，愧報生前；
功德迴向，庇護韓門。
稟我父母，兒請悉聽；
臺陸韓裔，恪遵訓言。
十七別家，六六攜媳；
齒掉髮霜，跪奠淚吐。

災劫安渡，兩岸競強；
哭訴願陳，諒感蒼天？
兵亂顛沛，狼煙戈止；
庇佑完身，親慶樂見。
嗚呼爸媽，音貌雖遠；
影隨左右，長伴兒身。
罄竹豈述，家國難情；
哀號啼泣，不知所云。
伏維
尚饗！

四、兩岸炎黃血脈聯

來臺初民首一代，代有先後省不同；

同是炎黃中華族，族群融和血濃情；
情猶手足緣兩岸，岸合韓裔時相往；
往來清明節日會，會祀宗祠孝親本；
本立道生榮門庭，庭守忠孝傳家遠；
遠僑異鄉要尋根，根旺枝茂千秋揚；
揚我儒聖仁義風，風度和藹笑相迎；
迎賓禮貌知應對，對人接物要真誠；
誠感人天鬼神護，護庇有德業永興；
興我中華美傳統，傳統人人懷中抱；
抱道守拙新知求，求得科技謀民福；
福國利眾蒼生感，感謝族教互通婚；
婚爾女兒配我子，子女聯姻無戈爭；
爭看以巳仇怨結，結解非得儒潤化；
化開仇怨世和平，平等相待弱民族；
族皆心向中華看，看我岸合促大同。

五、家庭和樂業興發

人間和氣福運來，家無吵鬧不生災；
鄰友有難守望助，心有慈愛日日歡；
夫妻姻緣情自定，夫唱婦隨萬事諧；
百世修來同船渡，此世有緣共枕眠；
丈夫不可嫌妻醜，為妻莫嫌老公劣；
共同創業拼江山，苦樂與共協力幹；
持家度日宜節儉，縱然有錢莫費奢；
知道濟貧積功德，多行善事佑兒孫；
夫婦融樂娛閨房，外遇傷情家失和；
諒解恕宥顧兒女，看開單親無煩惱；
思念當年戀愛美，何生冷戰失溫暖；
白頭偕老人生樂，家藏詩書忠孝揚；

吃苦耐勞為兒女，兒女知恩力奮前；
中華文化守情義，情義相待樂逍遙。

六、識人情緣難捨心

識人不難難知人，知人不難難情愛；
情愛不難難生人，生人不難難人生；
人生不難難耕讀，耕讀不難難做事；
做事不難難做人，做人不難難誠信；
誠信不難難久用，久用不難難人心；
人心不難難恆演，恆演不難難迷悟；
迷悟不難難靈修，靈修不難難天人；
天人不難難忘我，忘我不難難慾捨；
慾捨不難難名利，名利不難難仁德；
仁德不難難道義，道義不難難貪嗔；

貪嗔不難難痴愛，痴愛不難難捨情；
捨情不難難得恕，得恕不難難真心；
真心不難難生死，生死不難難終老；
終老不難難想開，想開不難難回天；
回天不難難放下，放下不難難道得；
道得不難難性空，性空不難難捨心。

七、雄哉淮河觀淮樓──（樓建皖潁潤河鎮）

△觀淮樓邁黃鶴樓，樓奇尤勝岳潯樓；
樓對雖無長江湧，湧逝東海方向同。
△同是炎黃好兒女，兒女該明忠孝行；
行本仁愛龍人傳，傳承信義千秋揚。
△揚我和平王道興，興舉五常三達德；
德施不德人心美，美樂人生慈悲有。

△有遵三綱六倫守，守誠寰宇道義航；
航載仁德修身寶，寶失難做世上人。
▷人攀觀淮樓頂望，望那淮河水流東；
東方躍揚一條龍，龍子裔孫種族黃。
△黃帝敗蚩始開國，國立東亞五千年；
年未間斷道統傳，傳道解惑授業師。
△師長教誨謙卑敬，敬仰先賢功德言；
言撰為書讀知行，行屍無文鄙腹空。
△空懸日月軌旋轉，轉經依緯太空中；
中華文化化蠻夷，夷吾四維人類行。
△行來去往樓階上，上皆賢達人道守；
守分知恥讀登樓，樓前戲台群英會。
△會邀齊上觀淮樓，樓中仙子歌舞演；
演唱天籟玄妙音，音傳地球世大同。

八、韓氏庭訓—勖勉—「做人處世要合乎中庸之道」八十八條

1、人生而不畜生，做人莫悖人情；
2、成長而不邪學，教子切要明理；
3、誠信而不失諾，處世應該守法；
4、得志而不妄形，受恩切莫酬仇；
5、問學而不知足，施惠但非圖報；
6、期許而不苛求，手心切莫向上；
7、勇敢而不魯莽，果斷并非草率；
8、圓融而不執拗，溫和但非懦弱；
9、剛雄而不霸道，理得切莫聲宏；
10、臨危而不心慌，審慎但非猶豫；
11、傳統而不斥新，謀生切要技精；
12、批評而不中傷，讚美但非奉承；

13、真理而不妥協，習藝切要擇師；
14、權劍而不爛使，有福切莫享盡；
15、富貴而不眼高，貧賤但莫低品；
16、自強而不挫喪，孤獨并非寂寞；
17、史明而不愚昧，興衰切莫不懂；
18、仁德而不反暴，栽培但莫偏親；
19、浩然而不歪氣，正義切莫屈服；
20、近賢而不禍殃，孝親但不違順；
21、孝養而不背親，待長豈能言悖；
22、互助而不鬥爭，笑迎切莫不真；
23、鄰吵而不竊言，親友豈可疏慰；
24、無理而不強詞，自省切莫責人；
25、高瞻而不近視，殿後但要力前；
26、守分而不取巧，做事莫留遺憾；
27、收入而不超支，衣食不求奢豐；

28、理想而不夢想，實踐豈可怯行；
29、結伴而不落單，同往并非作惡；
30、失敗而不灰心，業創但莫氣餒；
31、命途而不神操，有利豈可竊吞；
32、襟闊而不狹隘，磊落心莫黑狠；
33、體健而不懶動，快樂遠離煩愁；
34、體悟而不迷惘，通情豈可昧理；
35、牢飯而不思食，處世切莫負心；
36、謙虛而不自卑，中道但鄙偏鋒；
37、公僕而不為私，德賽但非春夢；
38、尊師而不忘誨，請益切莫倨傲；
39、敬老而不高座，崇德豈可不恭；
40、客訪而不慢禮，修身豈能污名；
41、知恥而不反辱，為官但莫捐廉；
42、勤儉而不浪奢，濟世切莫吝嗇；

43、該得而不貪求，齊家豈生乖舛；
44、灑脫而不牽掛，工作但不止讀；
45、機會而不錯過，菸酒絕對毀身；
46、勝吾而不忘趕，缺學切莫廢書；
47、做錯而不畏悔，大愛溶解冰山；
48、同業而不相忌，人危切莫旁觀；
49、化敵而不結怨，弱點發覺立改；
50、讜論而不為私，性命豈可戕害；
51、相益而不互損，愛憐但非恨鄙；
52、獨室而不欺心，看人豈生醜相；
53、互援而不相攻，見溺俠義往救；
54、心燈而不昧點，詭謀豈可友用；
55、天良而不違逆，處人要本誠正；
56、身弱而不忘鍊，無能豈可忌才；
57、閒談而不論非，息事但不找訟；

58、論道而不謗佛，族教豈可不婚；
59、儒化而不膚色，濟弱但莫互征；
60、互動而不人厭，結情豈可失仁；
61、奉獻而不對象，施德但不炫言；
62、言出而不逞辯，逗趣豈可傷雅；
63、回饋而不望反，立功但莫自揚；
64、開朗而不計較，熱情豈可冷酷；
65、懷愛而不瞋恨，有求但不媚得；
66、藝術而不私賞，心高豈可踏空；
67、鬧市而不心擾，潛修塵絕禪房；
68、仗義而不畏縮，聰明但不被誤；
69、行遠而不捨近，鬥志豈可鬥氣；
70、受教而不智缺，為師不能藏拙；
71、前瞻而不局視，得惠但不忘情；
72、涵養而不動怒，守靜不可心亂；

73、投緣而不是非，好聚豈可戈散；
74、專精而不廢研，既情不要傷感；
75、慎語而不造禍，信實但不虛假；
76、教學而不空言，僑外豈忘歸根；
77、人負而不負人，害人實難心安；
78、援困而不乘危，王道絕非逞武；
79、身正而不邪侵，眼低不會跌跤；
80、言美而不口業，登高當不擇步；
81、早起而不久窮，庭掃豈可晨歇；
82、赴約而不待邀，待客不可虛偽；
83、道正而不擇場，結緣但要珍惜；
84、識廣而不鑽角，誠交不會少友；
85、知己而不選言，諒解豈可究責；
86、團體而不害群，合夥但要同心；
87、身心而不汙染，和處永弭硝煙；

△88、錯悔而不愧生，緣滅性空返天。

說明：在中華五千年道統傳承中，對人性之聖化，因重老子無為無不為「心性清靜自然之道」與孔子修齊治平有所為有所不為「人格教化立世之道」及釋佛視萬物皆空幻不可執著貪嗔痴「生老病死循環之道」。若此三者融貫輔成，圓融運用自如，必能對內不迷物慾—遠離形役—迄於貞元靈性自然之流露，以達「真善美」氣質及對外行道立德，守住綱常維德之矩格。孔得老聃形之於內的真傳，潛化無形為有形，使之形於外而成自強曰新剛柔恆毅持身之儒家思想。孔子曰：吾道一以貫之—「內外合一」也。故做人本乎天良及中庸忠恕之道—進而人道完美則自然返於天道—此所以道通「天人一體」之悟也。黃老謂：道在中華，儒曰：悖道非人也，誠者斯言。但身為兩岸韓氏裔孫者，不可不知而應時時惕勵之哉！而人非聖賢孰能無過，過知立悔虔改，懷仁仗義，則為韓門之榮必登仙界矣。

九、維護健康壽永年

要感謝您們父母把您生在這個地球上，由嬰而幼而少而青而壯而老朽，奮鬥一生，成就如何？各有千秋，但和睦家庭，奉獻人群，福利社會，天良無愧，心安理得，只得肯定。警告諸侄輩們！人老了難復青春，特提示老年人：七十——百二十——保命體健要點，知之行之：

一、認知觀念改變新：

(一)預防勝於治療。(二)健康就是快樂。(三)運動重於食補。(四)諒恕則無煩情。(五)習藝培養靈性。(六)修道可通天人。

二、防止疾病不纏身——體胖懶動百病源。

(一)少食腥。(二)老吃素。(三)戒煙酒。(四)常登山。(五)禪忘定。(六)野吼嘯。(七)想好事。(八)多行善。(九)懷仁慈。(十)做功德。(十一)積蔭福。(十二)莫鬱心。

三、三個半分鐘重要：可避跌跤猝亡枉死半身不遂等症。

(一)睡醒未起前—躺身。(二)坐床未下時—先靜。

(三)兩腿垂床沿—再等。

四、三個半小時執行：

(一)晨起要活動—持之恆。(二)勤練各功法—太極等。

(三)作息須平衡—勿太忙抑過閒。

(四)膝肩痛有方：正川七—野蔘粉光蔘—各三兩磨粉早冕服一匙。

(五)尿療防百疾：自身資源回收—日夜有尿液以杯盛飲—早晚不斷。

(六)活動身瘦強：餓不壞但會撐死—物質生活太過享受—人體自必胖肥，克制食慾，鍛鍊長壽。

五、保持健康有信心：

(一)飲食平衡不缺鈣。(二)碳水化合物補足。(十三)充足睡眠。

(三)飯前喝湯身苗條。(四)營養色素不偏廢。(十四)心神安泰。

(五)食不求飽七八分。
(六)思想正念不妄求。
(七)有益活動多參加。
(八)嗜藝精練不分心。
(九)硬板床睡脊椎直。
(十)放開心情去戶外。
(十一)撰點當代回憶文。
(十二)心通天人悟神明。
(十五)適當運動。
(十六)氣血無阻。
(十七)精聚不散。
(十八)壽永命長。

六、逍遙朗笑快樂吟：

(一)逍遙吟：

六十怎稱老，七十還算小，八十是娃娃，九十蹦蹦跳，
百歲歌童謠，天天哈哈笑，人生永不老，懷抱慈悲心，
看人菩薩相，遍灑甘霖雨，果結蜜蜜甜，返天當神仙，
神仙人可做，在世功德多，後天返先天，天人合逍遙。

(一)朗笑吟：

一笑解千愁，二笑怨氣消，三笑憾事了，四笑去病魔，
五笑忘歲月，六笑心逍遙，七笑化宿怨，八笑樂陶陶，
九笑抹創痕，十笑天地朗，狂吼一聲笑，牢獄變洞房，
時常笑迎人，人報抿嘴笑，彼此笑一誠，人類早大同。

(一)快樂吟：

意氣忿怒處，心要降得速。情緒濃鬧處，性宜淡得開。
親友不是處，寬恕諒解消。身境苦煩處，忍耐自然樂。
人現隱私處，避談是厚道。行違良心處，損德何去做。
明白退讓處，便宜將臨有。利害交關處，益他禍遠跑。
吃虧明暗處，實在福分享。人遭急難處，陰濟功德多。
身心安祥處，靜悟天地妙。學得痴獃處，塵海快樂仙。

人由先天入後天—人道—再由後天返先天—天道—中間經過母胎孕化—呱呱墮地啼聲哇—自一而百本道生，由零而一也。零者—空也。空者—道也。道生一、一生二、二生三、三生萬物—物化回歸自然。故人要感恩父母—天地—生在家族中成員，要格致，誠正，修身，齊家，治平，而後始為人也。人要盡己之分，不負所生，做人不可違背—天理良心—道也，道離非人也，悖道禽獸也。所以人要把人做好—人道通天道也。道在中華—因此中華文化包容萬方非同於夷文化，蘊含王道思想—有人有我—扶濟弱小，大同理念，道統千秋而不絕者，意含有運化人類也。臨別告言，意義深遠。

十、提醒莫把老人嫌

天地萬物人知禮—敬老人—稱賢德，有人性。人未老時先明白，生老病死循環理，人老智慧勝少年，少年莫把老人嫌。當初只嫌別人老—地球懸空軌序旋—而今輪到自跟前。老人滋味該體情：千般苦，萬般難，聽我從頭說一番：耳朵聾，聽不見，差七差八逗人趣：雀矇眼，似鰾沾，眼淚常流擦不乾：痴呆症，心迷糊，視茫茫，人到面前看不準，常把李四當張三：碎步走，行動慢，雙手顫抖不能站：年輕人，萬莫笑，人到老時非裝蒜。親友尊重人敬慰，兒孫媳婦孝心顯：牙齒掉，口流涎，硬物難嚼囫圇嚥，一口不順喉哽住，卡在嗓內噎半天：頭頂禿，黑髮白，眼袋吊，臉容皺，老人斑，滿身貼，駝背彎腰佝僂步，體態鑼鍋不美觀—

當菩薩看—千萬莫嫌老人老，爺爺奶奶—伯母伯伯—叫一聲，相不相識問您好，聽到高興笑相迎。尊敬老人前輩禮讓先：博愛座，不要佔。父母有疾常去伴：在生奉一豆，勝死祭奠豐，茶水送，粥多餐，身洗心爽不褥瘡：入廁扶，防摔跤，人老不死順自然：形軀扭，皮筋縮，高變矮，口頭饞，言不檢，話囉嗦，猶似孩童嬰兒鬧：鼻子漏，常常流到自胸前。小便不禁當體諒，得人照顧始安然。秋冬睡覺時戴帽，拉被蒙頭怕風寒：仰躺睡，翻身難，膝腰坐骨酸痛癱瘓臥床苦難言，盼明不明睡不著，一夜起來七八遍、怕夜長—孤寂失落感—時常呻吟體病纏。年老肺虛常咳嗽，一口一口吐粘痰，不嫌邋遢親近前。家中有老因積德：腳又痲，腿又酸，半身不遂，蹲起坐臥真艱難，策杖扶架出門坐輪椅，上床登車舉步如上崑崙山：失憶症，記性差，常將初四說初三，想起前來丟了後，顛三倒四迷路忘家惹人憐。年老情，說不完。年少如花老似猴，幼懶勤儉耕讀不工大悲苦，苦不立業未成家，吸毒械鬥為非作歹哀入牢，年輕放蕩歿早衰。家有父母先兒老：人之老—老吾老—年輕人，要尊老，年老不敬失人性。尊敬請益老人智慧開—業旺發，不敬欺鄙老人殃家門。中華人道文化講孝養：做兒女，知反哺，報親恩，莫要嫌，是人就該守人性。人生那能盡少年—日月如梭無情東西轉—人人都有老來年，人人都該敬老人，人活到老不簡單。人老心疼少年郎，老少互敬世德美。網路科技日千里，科技炫役人非人，老人院住家療養。年少敬老非敬人，做個榜樣給人看。想得自老人敬您，為何不先老人敬。家有爸媽是個寶，寶在家中是活佛，活佛不敬拜廟神？有違中華做人理。要併清明節祭日—作為孝親敬老節—兒孫慶賀繞膝歡。人子孝親魂昇天，九玄七祖展笑顏。臨去白雲片不帶，錢財廣施濟蒼生，留下美名千古頌，自來客留功德言，因緣起滅剎那空—蒙正破窯賦冷暖，買臣妻去因貧寒—鄰友勝遠親—親有情無看灑脫，日日皆是好時光，傲笑天地一老人，長青學苑老學童，蒔花書畫撰回憶，傳藝秘笈揚文化，疾步舉手握拳擊，覺悟辟穀修仙道，無事扯淡忘鬱情，學友時會論古今，食素遐齡有愛心，精力充沛當義工，紅塵烙痕抛雲外，活得尊嚴涵養好，腦腹屋空遨遊去。老人那有閒氣憂鬱生—天天夕陽晚霞賞—歡樂人生歲月度喜年。年老（政府）關懷獻歌舞，舞祝老人得溫馨，尊老敬老美人道，防老自早做安排，德業完滿老享福，不勞兒女該應策，老伴老本老健老友好，童心不減老長春—吊背拉腿手不抖—安養頤養園林靜，仙風道骨神飄逸，人老心住桃花源，天國淨土無塵染，人世心靈美化先，塵間是非少去惹，做個山野化外郎。善言美語去惡口，多種功德消業障。專唸聖號上天堂，皈依佛道心忘我，列祖列宗虔誠拜，黃帝訂下回天文（請參閱醒世寶典中之一點歌六之四特註說明五—二條文—并非宗教迷信發於內心跪在列祖列宗牌位之靈前）虔誠懺悔返先天。「禪定坐亡羽化仙，仙佛忘心笑世別；別有瑤天福正人，人道修美仙佛迎。」中華道脈天命傳，韓氏兩岸裔孫守？做個敬老榮門人？否在午夜問良心？心嫌父母非兒女，兒女當懷尊老行，行無愛心逆人性？人性皆知敬老人？人人敬老寰宇揚，揚我中華敬老風—美名傳—傳孝德，德千秋。

△最後惕言：

一、誠是僞之主，巧為拙之奴，心是身之宰，技為生之源。

二、善是德之根，志為業之展，道是人之本，智為明之路。

三、處在今日科技網咖電視手機航天器械電腦資訊倡明地球變小科技炫精星球移民太空漫步挑戰創新非常時代，青少年鄙夷傳統文化，只問自己如何？怎管他人感受之仁義道德淪喪悲哀世紀，特告誡韓裔子孫，不可逐流沒落，喚醒失性。要做個快樂而幫助人的人并給人快樂亦能幫助他人的世上德人且效法佛教界星雲、證嚴、聖嚴、惟覺及臺灣企業家在甘肅武威黃羊川施惠千鄉萬才溫世仁先生之有愛旅人。切望知之勵之哉！

四、韓姓初祖，首代來台：戈武火焰煉一生，則曰：

(一)策馬長城南北，踏遍山河東西；斬妖除魔降寇，拯挽國族危亡。

(二)兄弟鬩牆分治，岸合琉球蒙歸；巍巍王道高舉，地球人類大同—中山共舉國父。

(三)經建寶島謂雄，堪為中華典型；榮民奉獻勞智，老兵不老凋零。

(四)桃花源何處尋？東海蓬萊福地；山人登頂瞭望，狼煙戈去神州。

本乎忠愛憂患情懷，在神州投演於刀槍鬥法為國為民戰場而蓬萊則投演於保臺守家為人為己戰場—仗打得并不完美—但亦俯仰無憾矣！故仍本著—利劍歇揮舞，待討征伐為「中華民國—不兩岸—旗飄聯合國」—血戰拼命存。經書讀未完，文欠瑰麗美，身乏彪勳功，愧對列祖宗。「留點家書文語訓」，誨勉韓裔守：非敢說教於世人也。溯余戎馬不亡於神州國難屠戳廝殺疆場尤未殞於蓬萊幾瀕絕命機車舟船之意外邀天深情厚恩得享晚年之遐齡但身朽枯終將回歸自然還諸天地—故而有感曰：

人生自古誰無死，

死守天良不枉生；

生非異類幸是人，
人立功德言名傳。

人無論生於何時代，去來洒脫。東海山人—玄陽子閣樓館主了塵客笠陽公—願將骨灰遍撒在太空中地球之上壯麗河山—金馬台澎—人間天堂之公私花園內之土壤裡（或北京西山碧雲寺國父衣冠塚及南京中山陵前抑蓬萊仙島中正紀念堂內四週之大地有花所在）滋育花榮長伴花眠令人心悅目爽其聯句—聞花香—之文曰：

一、塵灰養花艷因韓，韓姓支系徙臺灣；
臺灣中央有玉山，山水脈流黃河源。

二、源出彼岸誰是主？主客相忘花笑迎？
迎問心美否家和？和先族教情愛婚？

三、婚後科研國民福？福守倫常維德行？
行施王道化大同？同賞花嬌慰今生。

四、生為中華炎黃裔？裔供列祖廳祠堂？
堂前虔悔羞忘本？本正做人聞花香？

五、香花開在玉山頂，頂上花香飄兩岸；
　　岸合不戈禮義舉，舉揚韓裔家門風。

本文第四條最後之語「聞花香」三字，寓意深長。凡是韓姓之裔者，生在任何時空不忘做人「守住本分」。做事「不悖天良」。盡力奉獻社會人群—「恥做寄生蟲」—不損害團體及國家，奉公守法。但不論有無餘力「施善行德」以蔭子孫。且培養「浩然正氣」，以誠去偽，否則難聞「花香」耶，望我韓門裔孫—生在宇宙任何星球之上—時時聞到花香，處處聞到花香，人人聞到花香—時代迷宮，智者導航—祝願也。

一、雁行雙飛慶金婚，
　　兒孫繞膝樂心喜；
　　自笑紅塵無建樹，
　　不負天良度平生。

二、韓門家書裔孫守，
　　鬥志勿餒勇向前；
　　傳統科技東西用，
　　做人中道承美風。

國家圖書館出版品預行編目

雁行雙飛慶金婚 . 韓振方作. -- 一版.
臺北市：秀威資訊科技，2005[民 94]
面； 公分. -- 參考書目：面
ISBN 978-986-7614-86-5（平裝）
1. 論叢與雜著

855 94000676

哲學宗教類 PA0006

雁行雙飛慶金婚

作　　者 / 韓振方
發 行 人 / 宋政坤
執行編輯 / 李坤城
圖文排版 / 張家禎
封面設計 / 羅季芬
數位轉譯 / 徐真玉　沈裕閔
圖書銷售 / 林怡君
網路服務 / 徐國晉
出版印製 / 秀威資訊科技股份有限公司
台北市內湖區瑞光路 583 巷 25 號 1 樓
電話：02-2657-9211　　傳真：02-2657-9106
E-mail：service@showwe.com.tw
經 銷 商 / 紅螞蟻圖書有限公司
台北市內湖區舊宗路二段 121 巷 28、32 號 4 樓
電話：02-2795-3656　　傳真：02-2795-4100
http://www.e-redant.com

2006 年 7 月 BOD 再刷
定價：120 元

讀 者 回 函 卡

感謝您購買本書，為提升服務品質，煩請填寫以下問卷，收到您的寶貴意見後，我們會仔細收藏記錄並回贈紀念品，謝謝！

1.您購買的書名：______________________________

2.您從何得知本書的消息？

□網路書店 □部落格 □資料庫搜尋 □書訊 □電子報 □書店

□平面媒體 □ 朋友推薦 □網站推薦 □其他__________

3.您對本書的評價：(請填代號 1.非常滿意 2.滿意 3.尚可 4.再改進)

封面設計____ 版面編排____ 內容____ 文/譯筆____ 價格____

4.讀完書後您覺得：

□很有收獲 □有收獲 □收獲不多 □沒收獲

5.您會推薦本書給朋友嗎？

□會 □不會，為什麼？______________________________________

6.其他寶貴的意見：____

____

____

____

讀者基本資料

姓名：____________________ 年齡：______ 性別：□女 □男

聯絡電話：________________ E-mail：____________________

地址：____

學歷：□高中(含)以下 □高中 □專科學校 □大學

□研究所(含)以上 □其他________________

職業：□製造業 □金融業 □資訊業 □軍警 □傳播業 □自由業

□服務業 □公務員 □教職 □學生 □其他__________

請貼
郵票

To：114

台北市內湖區瑞光路 583 巷 25 號 1 樓

秀威資訊科技股份有限公司　　　收

寄件人姓名：

寄件人地址：□□□

(請沿線對摺寄回,謝謝!)

秀威與 BOD

BOD（Books On Demand）是數位出版的大趨勢，秀威資訊率先運用 POD 數位印刷設備來生產書籍，並提供作者全程數位出版服務，致使書籍產銷零庫存，知識傳承不絕版，目前已開闢以下書系：

一、BOD 學術著作—專業論述的閱讀延伸
二、BOD 個人著作—分享生命的心路歷程
三、BOD 旅遊著作—個人深度旅遊文學創作
四、BOD 大陸學者—大陸專業學者學術出版
五、POD 獨家經銷—數位產製的代發行書籍

BOD 秀威網路書店：www.showwe.com.tw
政府出版品網路書店：www.*gov*books.com.tw

永不絕版的故事・自己寫・永不休止的音符・自己唱